La Piedra Azul

LOS ESPECIALES DE

A la orilla del viento

FONDO DE CULTURA ECONÓMICA
MÉXICO

La Piedra Azul

Jimmy Liao

Traducción de Tatiana Svakhina

Versión de Laura Emilia Pacheco

Primera edición en chino, 2006
Primera edición en español, 2006

Liao, Jimmy
    La Piedra Azul / Jimmy Liao ; trad. de Tatiana Svakhina. –
México : FCE, 2006
    152 p. : ilus. ; 20 x 17 cm – (Colec. Los Especiales de
A la Orilla del Viento)
    Título original Lan Shitou
    ISBN 968-16-8123-1

    1. Literatura infantil I. Svakhina, Tatiana, tr. II. Ser. III. t.

LC PZ7   Dewey 808.068 L183p

Distribución mundial para lengua española

Comentarios y sugerencias:
librosparaninos@fondodeculturaeconomica.com
www.fondodeculturaeconomica.com
Tel. (55)5449-1871 Fax (55)5227-4640

 Empresa certificada ISO 9001:2000

Coordinación editorial: Miriam Martínez y Eliana Pasarán
Diseño: Paola Álvarez Baldit

© 2006, Jimmy Liao (texto e ilustraciones)

La traducción de *Lan Shitou* ha sido publicada por acuerdo
con Locus Publishing Company.
Todos los derechos reservados.

D.R. © 2006, Fondo de Cultura Económica
Carr. Picacho-Ajusco, 227; 14200, México, D.F.

ISBN 968-16-8123-1

Impreso en México • *Printed in Mexico*

*A mi padre y a mi madre,
con respeto.*

Pasaron diez mil años, mil años, cien años,
diez años y un año más...

La Piedra Azul yacía inmutable en lo hondo del bosque disfrutando del trino
de las aves, del aroma de las flores al viento, del juego de la luz
entre las frondas de los árboles.

Creía que permanecería ahí para siempre.

Pero un día el fuego arrasó el bosque.

De este a oeste y de norte a sur, las llamas ardieron durante meses.

La espesa humareda tiñó el mundo entero. Todo volvió a la nada.
En ese mundo desolado sólo quedó una desnuda piedra negra.

La oscura Piedra yacía inmutable en la profundidad del bosque estéril,
como una ballena que perdió su océano.

Luego vino el temporal. Furiosas y despiadadas, las lluvias no cesaron
durante siete semanas de luto.

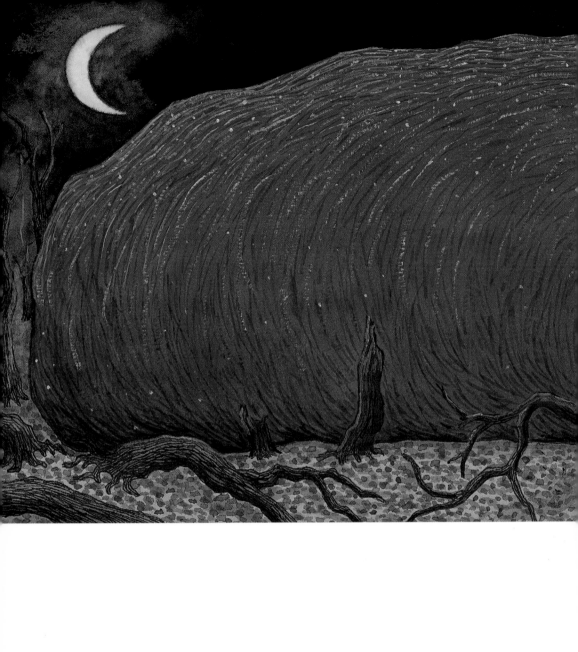

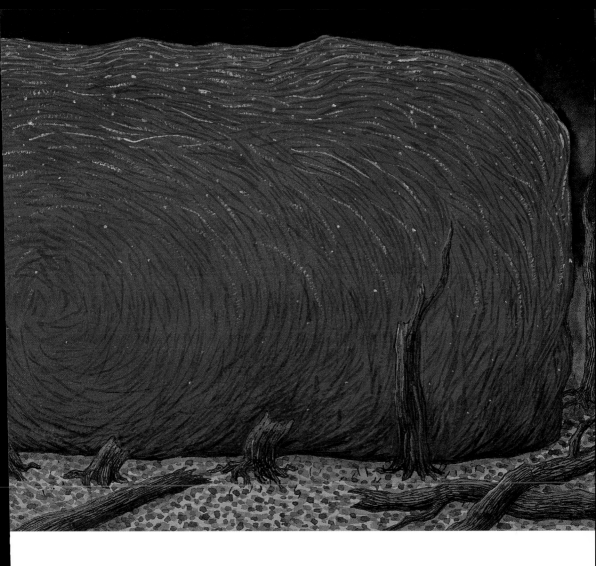

Al terminar el diluvio, el cielo poco a poco recuperó su claridad;
las oleadas de viento, su transparencia. Las aguas deslavaron el hollín
de la Piedra y revelaron su hermoso color azul.

El color y la armonía volvieron a ese mundo baldío. La Piedra estaba convencida de que, poco a poco, la vida correría por sus antiguos cauces.

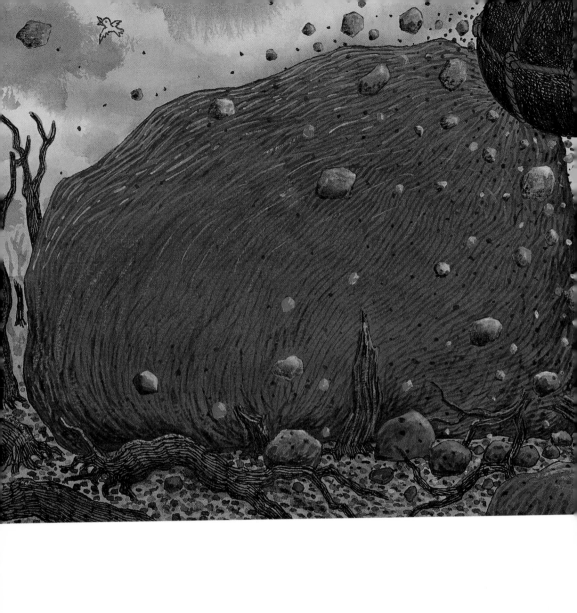

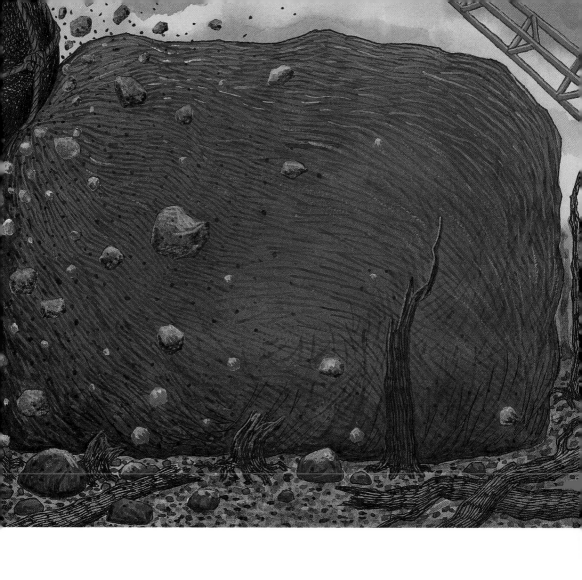

Pero estaba equivocada…

Nunca imaginó que sería partida en dos y que abandonaría el bosque.

Su viaje apenas comenzaba, pero ya sentía nostalgia...

La Piedra Azul yacía silente en un cuarto inhóspito.
Un hombre de mirada penetrante estaba sentado junto a ella,
absorto en sus pensamientos. La luz que se filtraba por las ventanas
hacía refulgir las motas de polvo que flotaban en el aire.

Año y medio después fue enviada a una ciudad lejana.

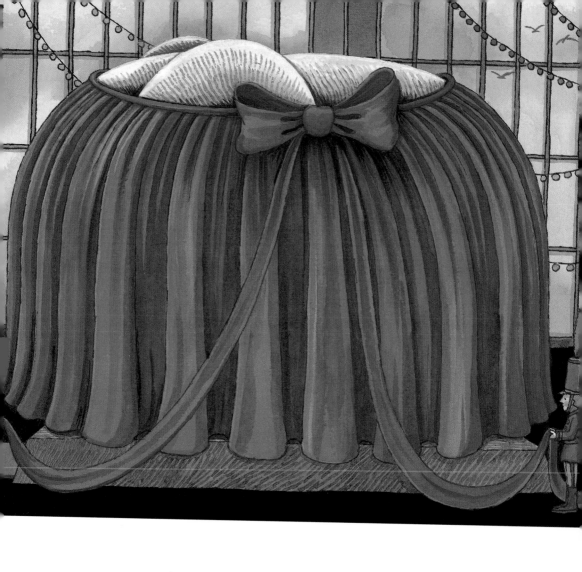

Llegó a un mundo lleno de bullicio.

Al verla, la gente quedaba maravillada sin poder apartarse de su lado.

Una fría noche de invierno, un niño que se había perdido le preguntó llorando:
"Querida Gran Piedra Elefante, ¿sabes dónde está mi casa?"

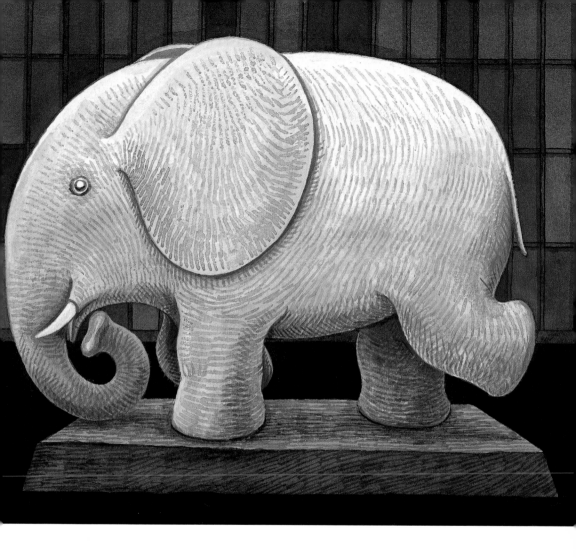

La Piedra Azul estaba sola en esa ciudad extraña.
Se sentía muy triste.

Quería volver a casa, a su hogar en el bosque.

A medianoche, un globo azul pasó flotando frente a ella y le hizo recordar
a su otra mitad que permanecía en el bosque. Un arranque de profunda nostalgia,
capaz de partir el cielo y la tierra, hizo que la Piedra se quebrara al instante.

Hecha pedazos de nada servía. Vendieron la parte menos dañada
a una anciana muy rica.

La anciana contrató a un gran artista para que hiciera una escultura con ella.

Nueve meses después fue llevada a un lugar aún más distante.

La Piedra Azul llegó al callado y sereno jardín de la anciana. Era una mujer adinerada y bondadosa. Quizá alguna vez tuvo todo lo que codicia la gente en este mundo, pero ¡qué sola se sentía ahora!

Cada mañana, lloviera, tronara o relampagueara, la anciana iba al jardín a sentarse junto a la Piedra Azul y le contaba cosas en voz baja.

Una mañana en que las ráfagas de otoño ejecutaban su loca danza,
la anciana se desmayó antes de llegar por última vez a la Piedra;
su mascada de seda azul –su preferida– quedó flotando en el viento.

Quería volver a casa, a su hogar tan lejano.

Recordó a su otra mitad. Un arranque de profunda nostalgia, capaz de partir
el cielo y la tierra, hizo que la Piedra se quebrara al instante...

Transcurrido un año, desde lejos llegó el nieto de la anciana
para desbrozar el jardín devorado por la maleza.

El joven embarcó los fragmentos de Piedra Azul para enviarlos a la lejana tierra natal de su abuela, a la orilla del mar.

Junto al puerto bullicioso, la Piedra Azul observaba el alegre
zarpar y atracar de las barcas.

Día con día, una joven aguardaba el regreso de su amado en el muelle.
Día con día, el joven volvía y se fundían en un abrazo.
Se veían tan felices que daban envidia.

Un día, el marinero zarpó para no volver jamás. Pasó el tiempo.
Día tras día, desde el amanecer hasta el anochecer, la joven
lo esperó en el muelle como siempre lo hacía.

Las olas se rompían contra los peñascos, un viento helado calaba
a la Piedra Azul que miraba el inmenso mar.

Quería volver a casa; quería regresar a la calidez de su hogar.

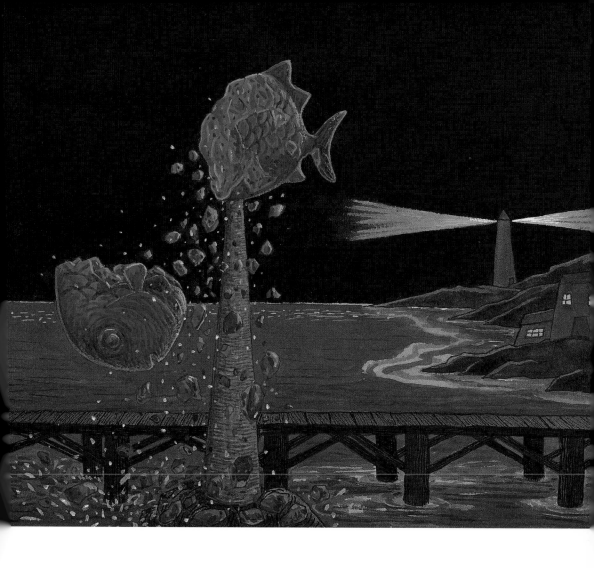

En medio de la oscuridad de la noche, el sombrero azul de la joven cayó al mar.
La Piedra Azul recordó a su otra mitad. Un arranque de nostalgia,
capaz de partir el cielo y la tierra, hizo que se quebrara una vez más.

Pasó el tiempo. Un día, otro y muchos otros más.
Nadie se acordaba ya de esos tristes amantes ni de la Piedra
Azul que se hundió en el fondo del mar...

Hasta que un día dos exploradores la descubrieron.

La Piedra Azul no sabía dónde se encontraba ni hacia dónde la llevaban.

Una y otra vez se fragmentaba; una y otra vez volvían a darle forma
para que sirviera de compañía a toda esa gente que se sentía triste y sola,
pero no era capaz de saciar la sed de su propio corazón.

Inmutable, la Piedra Azul pendía en un refinado museo de arte.
Su brillante arco en forma de luna creciente brindaba calor
y consuelo a muchos corazones.

Recordó que, alguna vez, su mundo también fue yermo y que poco a poco
crecieron pastizales, campos de flores y retoños de árboles, y que lentamente
llegaron mariposas, aves, lobos...

Extrañaba el bosque iluminado por la tenue luz de luna;
extrañaba los amaneceres en que una lluvia de estrellas surcaba
veloz el firmamento; el crepúsculo avivado por la pasión del sol.

Quería volver a casa. La indomable fuerza de la nostalgia la fragmentó de nuevo.

Una fábrica de lápidas compró un trozo de la Piedra Azul.
Todos los días llegaba gente afligida a elegir con esmero aquella última
piedra que acompañaría a sus seres queridos.

Poco a poco el dolor de esas personas traspasó el duro interior de la Piedra, que cada vez se volvía más frágil y quebradiza.

La Piedra Azul yacía silenciosa sobre la Madre Tierra.

Todos los días, un hombre desconsolado depositaba
un ramo de rosas frente a la lápida y se quedaba ahí, llorando.
Repetía que nunca la iba a olvidar...

Poco tiempo después el hombre dejó de ir. Despojada de rosas y lágrimas,
la tumba pronto fue invadida por la maleza.

La Piedra Azul quedó allí, abatida. Nadie la admiraba,
nadie la recordaba siquiera.

No podía olvidar cómo soplaba el viento tibio y dócil sobre los montes;
la tenue lluvia primaveral que humedece la vastedad de la tierra;
el grácil salto de los cervatillos.

Quería volver a casa.

Tiempo después, los niños de un orfanato salieron de paseo. En el camino se encontraron con la Piedra Azul que emanaba una tímida luz.

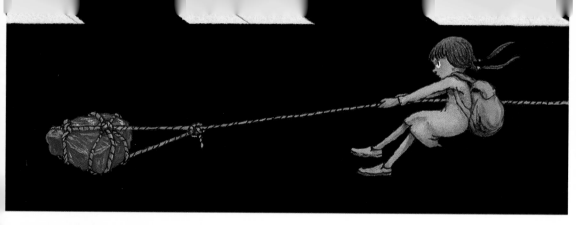

Se la llevaron a un señor con barbas para que les esculpiera
un gato de la suerte.

Día tras día, los niños miraban por la ventana las montañas lejanas
y las nubes en el horizonte. Como la Piedra Azul, ellos también añoraban
el hogar que habían perdido.

Una noche de paz, el dulce sonido de los villancicos impregnaba el aire,
la dulce luz iluminaba todas las casas al entrar por las ventanas.

La Piedra Azul extrañaba el suave caer de los copos de nieve
y la sensación de quedar envuelta en ellos. Le angustiaba
no recordar con nitidez la silueta de una hoja.

Quería volver a casa.

Una y otra vez se había fragmentado, había recibido
una forma nueva, había sido atesorada y desechada.

No le importaba la opinión de la gente, lo único que le importaba
era su hogar en el bosque; añoraba su otra mitad.

En medio de la noche oscura, pasó por ahí un perro vagabundo.
Tenía la pata herida. Bajo la luna, su solitario aullido era desgarrador.

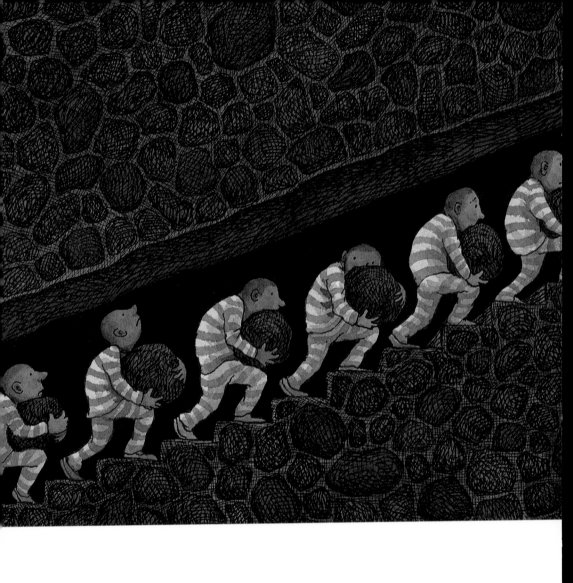

Cada vez se alejaba más y más de su hogar.

Confinada entre sólidos e inquebrantables muros de piedra, cada noche
escuchaba los lamentos de los prisioneros.

En la cárcel había una joven que no dejaba de llorar. Cada vez que la luna salía, miraba al cielo iluminado para entonar una canción. La melodía se elevaba lentamente al compás del centellear de las estrellas.

Le dolía olvidar poco a poco el aroma de las mañanas sumergidas en la niebla;
temía no ver de nuevo el solitario bogar de un águila entre las nubes;
le entristecía que los recuerdos de su hogar se volvieran cada vez más difusos.

Con los destellos del ocaso, llegó también el familiar graznido
de un ave que le recordó a su otra mitad. La Piedra Azul sintió una nostalgia
tan profunda que se quebró al instante.

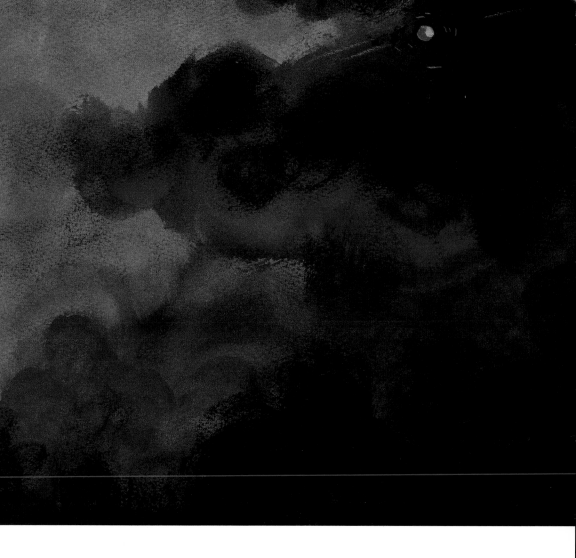

No estaba dispuesta a perder la esperanza. Soñaba con que algún día el viento
la llevaría de regreso al bosque. Pero el camino era demasiado largo
y ella parecía perderse cada vez más.

La Piedra Azul yacía inmutable en medio de una arboleda
muy parecida a su hogar, sólo que sin su otra mitad.

Transcurridos unos días, un circo ambulante llegó al pueblo. Un payaso recogió la Piedra Azul y la pulió para hacer con ella una pelota de colores.

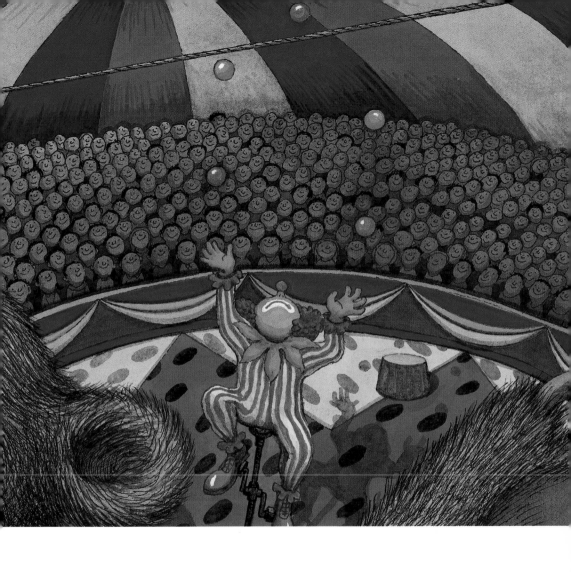

La Piedra Azul actuaba dondequiera que el circo se presentara. El público
le aplaudía y la ovacionaba en medio de un ambiente alegre.

Una sofocante noche de verano le pareció escuchar el chasquido
de la primera manzana madura al caer al suelo allá en el bosque lejano.

Quiso volver a casa.

Ya nadie la quería. Hecha añicos quedó tirada a su suerte.

Una intensa nevada caía silenciosa convirtiendo de nuevo
al mundo en una tierra baldía.

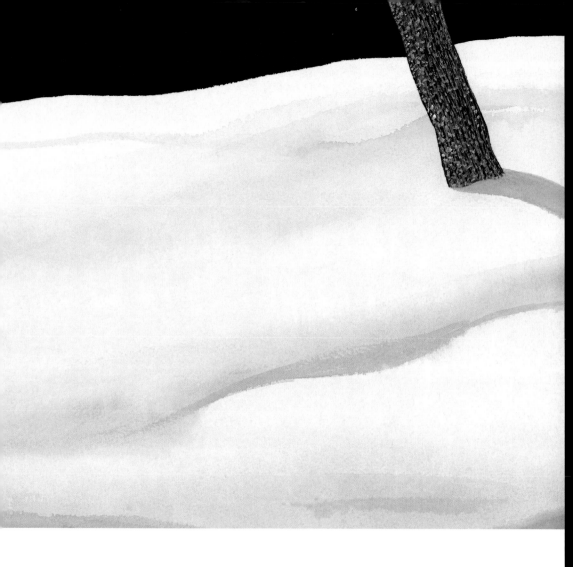

En la gelidez del invierno, la abrasadora nostalgia de la Piedra Azul
hizo que la nieve se derritiera antes de tiempo.

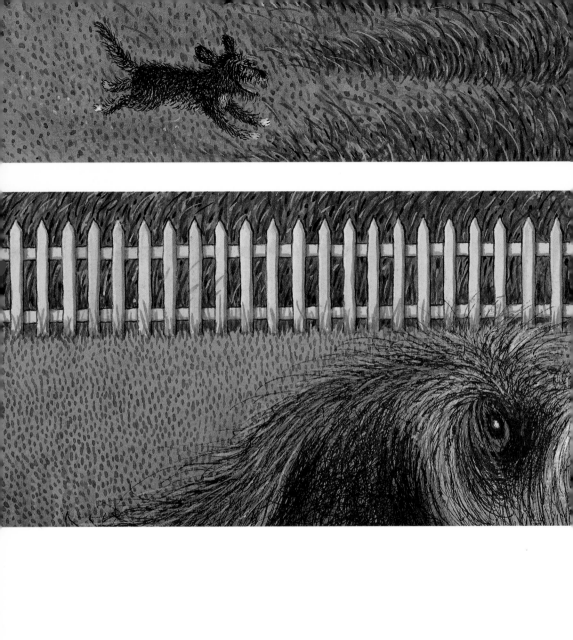

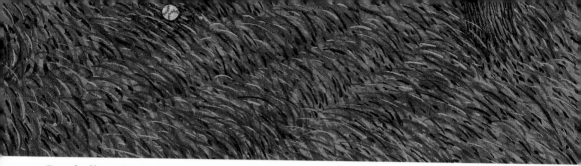

Con la llegada de la primavera el despertar de la naturaleza fue incontenible.

Una tarde, una pelota rodó hasta la Piedra Azul.
Un perro la tomó entre los dientes y se la llevó a su dueño.

El joven beisbolista la llevó a su casa y la guardó con sus demás tesoros.

Cuando las hojas del arce se tornaron rojas, la Piedra Azul percibió
el familiar aroma del otoño. Recordó el magnífico espectáculo
de los gansos salvajes que vuelan hacia el sur y la figura del oso pardo
que desaparece en su cueva para invernar.

Quería volver a casa.

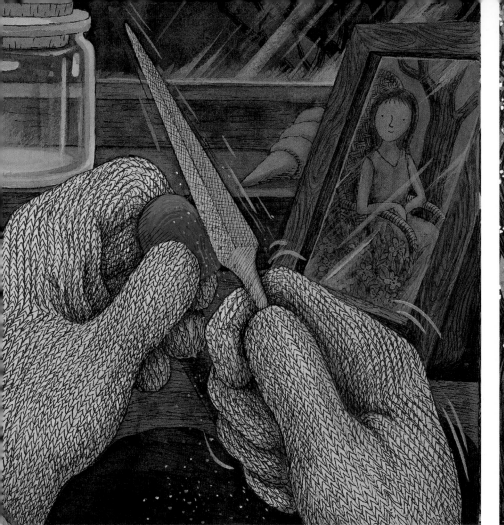

El joven pulió la Piedra Azul hasta darle la forma de un hermoso corazón,
un regalo para su primer amor.

El mundo entero se transformó en un lugar lleno de flores y capullos
que tapizaron montes y valles.

La Piedra Azul se acomodó sobre el pecho de la amada.
Parecía un corazón feliz.

Sin embargo, una lo tenía todo, la otra, sólo esperanzas rotas.

¿Cuánto dura el primer amor? Al quedar destrozado su corazón,
la joven se arrancó la Piedra Azul que llevaba alrededor del cuello
y la arrojó en un lugar apartado.

La Piedra Azul yacía en las vías del tren. No había ni un alma
que la sacara de allí, sólo pasaban las locomotoras
con su andar frenético.

La Piedra Azul distinguió claramente el llamado
de su hogar en el bosque lejano.

Cuantos más trenes pasaban, tanto más se fragmentaba
la Piedra Azul estallando de alegría.

Cuantos más trenes pasaban, tanto más se fragmentaba
la Piedra Azul estallando de felicidad.

Finalmente, la Piedra Azul quedó convertida
en un grano de arena apenas perceptible.

Los vientos del estío lo elevaron por los aires.

A toda velocidad surcó el horizonte quebrado por la silueta de las ciudades.

A toda prisa cruzó el despejado cielo de los poblados.

Siguió el trazo de las carreteras para acortar su camino.

Sin impaciencia sobrevoló el océano,
más inmenso que el alcance de la mirada.

Y, por fin, regresó a la profundidad del bosque
para yacer al lado de su otra mitad.

Pasaron diez mil años, mil años, cien años,
diez años y un año más...

La Piedra Azul,
de Jimmy Liao,
se terminó de imprimir
en los talleres de Impresora
y Encuadernadora Progreso, S.A. de C.V.
(IEPSA), Calzada San Lorenzo
núm. 244; 09830, México, D.F.
durante el mes de junio de 2006.
El tiraje fue de 10 000 ejemplares.